Méchant Minou à l'école

NICK BRUEL

Texte français de Louise Binette

Éditions **SCHOLASTIC**

Pour les enseignants
de partout au monde

Tableau page 83 : « The Battle at Bunker's Hill », George Edward Perine d'après John Trumbull, gracieuseté de la Emmet Collection, Miriam and Ira D. Wallach Division of Art, gravures et photographies, the New York Public Library, Fondations Astor, Lenox et Tilden.

Catalogage avant publication de Bibliothèque et Archives Canada

Bruel, Nick
[Bad Kitty school daze. Français]
Méchant minou à l'école / auteur et illustrateur, Nick Bruel ;
texte français de Louise Binette.

Traduction de: Bad Kitty school daze.
ISBN 978-1-4431-3406-4 (relié)

I. Binette, Louise, traducteur II. Titre.
III. Titre: Bad Kitty school daze. Français.

PZ23.B774Mea 2014   j813'.6   C2013-904670-4

Édition publiée par les Éditions Scholastic,
604, rue King Ouest, Toronto (Ontario) M5V 1E1.

5 4 3 2 1   Imprimé au Canada 139   14 15 16 17 18

• TABLE DES MATIÈRES •

• CHAPITRE 1 •
UN BEAU JOUR

10

11

Allons bon! Qu'est-ce qui s'est passé, ma chérie?
Tu es tombée? Comment c'est arrivé?

C'est le chat qui t'a fait tomber? Eh bien, c'est pas étonnant. Tss, tss, tss. À les voir courir et chahuter, ces deux-là. Mais je suis sûr que c'était un accident.

Minou, c'est le moment d'avoir une petite discussion.

Minou, j'en ai assez de t'entendre CRIER, CRACHER et TE BAGARRER. Il est temps de s'occuper de ton comportement, de ton vilain caractère et du fait que tu n'écoutes jamais ce qu'on te dit.

Et ça vaut pour toi aussi, Toutou. Tout ça a commencé à cause de ton problème de bave.

C'est pourquoi j'ai décidé qu'il est temps pour vous deux d'aller à...

L'ÉCOLE

CHAPITRE 2

LE BEAU JOUR SUIVANT

HÉ, MINOU! J'arrive du magasin! Regarde les fournitures scolaires super cool que j'ai achetées pour toi! Elles sont toutes à l'effigie de ton personnage PRÉFÉRÉ…

Un Amour de chaton

Sac à dos Un Amour de chaton

Cahier Un Amour de chaton

Gomme à effacer Un Amour de chaton

Crayons Un Amour de chaton

Boule de bowling Un Amour de chaton

Rose rosâtre

Rose rougeâtre

Rose profond

Rose pâle

Rose

Crayons de couleur Un Amour de chaton

Calculatrice Un Amour
de chaton

Short
d'éducation
physique
Un Amour
de chaton

Pneu de
tracteur
Un Amour
de chaton

Bloc de béton
Un Amour
de chaton

Règle Un
Amour de
chaton

Ça alors! Ça en fait,
des trucs! Allons...
Rangeons tout ça dans
ton sac à dos.

19

Ahhh! Regarde-toi! Fin prêt pour l'école.

Toutou aussi, d'ailleurs! As-tu mis ton bandana dans ton sac, Toutou? Je l'espère bien, parce que tu en auras besoin si tu recommences à baver.

On ferait mieux de se dépêcher. Il ne faut pas manquer l'autobus, n'est-ce pas?

LE VOILÀ!

MONONC' MAURICE, LE CURIEUX

POURQUOI LES CHIENS COURENT-ILS APRÈS LES CHATS?

Hé! Ne blâmez pas le chien!

Les chiens ne courent pas seulement après les chats. Ils courent après un tas de choses; c'est l'activité préférée des chiens.

On élève les chiens de berger, comme les border colleys, pour qu'ils poursuivent les moutons et rassemblent le troupeau. On élève les chiens de chasse, notamment les teckels et les lévriers, pour qu'ils pourchassent les renards et les rats. On entraîne les chiens policiers, par exemple les bergers allemands, pour qu'ils poursuivent les criminels. Les chiens courent non seulement parce que ça leur plaît, mais aussi

parce qu'ils sont extrêmement doués pour ça.

Quand un chien pourchasse un chat, il ne le fait pas par méchanceté, mais par instinct. L'instinct, c'est la fonction du cerveau d'un animal qui le pousse à avoir un certain

MIAOU*

* Albert Einstein a dit un jour : « La paix ne peut être maintenue par la force, on ne peut y parvenir que par l'entente. »

24

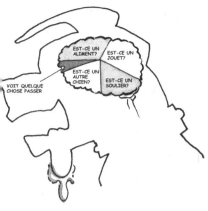

comportement. Les oiseaux peuvent voler parce que leur instinct leur dicte de le faire. Les poissons peuvent nager pour la même raison. Et les chiens poursuivent d'autres animaux parce que leur instinct leur dit qu'ils doivent le faire.

Aussi, quand un chien voit un chat qu'il ne connaît pas, son cerveau lui dit qu'il DOIT se lancer à sa poursuite. De plus, les chiens sont dotés d'un fort instinct territorial; si le chat se trouve à proximité de quelque chose que le chien estime lui appartenir, comme son os, sa cour, sa maison ou même TOI, il se sentira alors obligé de faire fuir ce pauvre chat.

Au fait, les chats possèdent le même instinct que les chiens. Ils excellent dans l'art de poursuivre des animaux plus petits qu'eux, les souris ou les rats, par exemple. La plupart des chiens sont plus gros, et parfois BEAUCOUP plus gros que les chats. Généralement, ces derniers ne courent donc pas après les chiens.

J'aime les chiens, mais ils feraient mieux de ne pas courir après mon autobus scolaire!

Les chiens, en revanche, ne font pas preuve d'autant de discernement, et il leur arrive souvent de poursuivre des choses beaucoup, beaucoup plus grosses qu'eux. Cela explique qu'ils courent parfois après les voitures.

25

Bon, monte, chat bêta. Va t'asseoir à l'arrière de l'autobus où tu pourras faire connaissance avec tes nouveaux camarades de classe.

Au revoir, Minou! Au revoir, Toutou! On se revoit à la fin de la journée!

• CHAPITRE 3 •
BIENVENUE

Allez, les bêtes! Tout le monde descend.
Bienvenue!

33

Entrez! Entrez, mes petits cœurs! Laissez-moi vous examiner de plus près!

BONJOUR!

OH, REGARDEZ!

LE GRAND LIVRE DES ROBOTS

37

Eh bien, chers animaux, mon nom est Domina von Tyrana. Mais j'aimerais que vous m'appeliez tous Mademoiselle Do. Bienvenue dans mon école! L'école, comme vous le savez peut-être, est un endroit où l'on apprend de nouvelles choses. Aussi, j'espère que vous apprendrez tous quelque chose aujourd'hui.

Allons dans la classe! Et pendant que vous entrez, je tiens à apporter une précision...

Je ne crois pas qu'il existe des animaux « vilains », « dérangés » ou « mauvais ». Je crois que vous êtes tous de BONNES bêtes, et je veux que vous le sachiez.

BAH!

Même toi.

CHAPITRE 4

L'HEURE DU CERCLE

L'heure du cercle me permet d'apprendre à mieux vous connaître, et vous permet de faire connaissance.

Commençons avec toi, Pétunia. Dis-nous ce qui te tracasse.

Excuse-moi, petit lapin! Mais on n'interrompt pas les autres dans cette classe!

Mais je suis le docteur Lagomorphe! Je suis un supervilain mutant et diabolique!

Ce n'est pas une raison. Assieds-toi, s'il te plaît.

Vas-y, Pétunia.

Je déteste les chats.

Je les déteste, c'est tout! Je les déteste tellement! Je déteste leurs yeux! Je déteste leurs nez! Je déteste leurs moustaches ridicules! Quand je les vois, j'ai juste envie de les frapper!

PIF!

PAF!

POF!

Je… je… veux juste leur arracher la tête et leur mâchouiller la face comme de la gomme à mâcher! MIAM! MIAM! MIAM! Je veux les agripper et tous les lancer dans des volcans en activité!

Je veux leur écrire des lettres méchantes qui vont les blesser! Je... je veux...

Je pense que ça suffit, Pétunia. J'espère que tu ne créeras pas des ennuis aux autres élèves de cette classe.

CHUT!

Euh… Qu'est-ce que vous entendez par « autres élèves »?

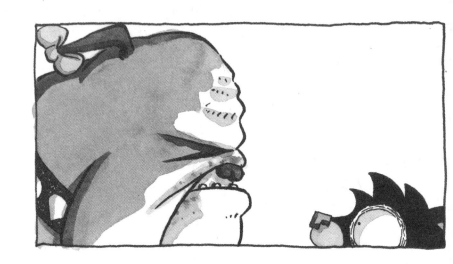

Bien dit, ma pote la vache.

51

C'est ton tour, Toutou, quoique j'aie du mal à imaginer quel problème pourrait avoir un gentil petit chien comme toi. Par contre, je me demande ce qu'on pourrait faire pour régler ton léger excès de bave.

Personne ne dit au docteur Lagomorphe, supervilain mutant hors du commun, qu'il ne peut pas parler le premier. Ce n'est pas juste. Je parie que c'est ce fichu capitaine Fantasti-Chat qui lui en a donné l'idée.

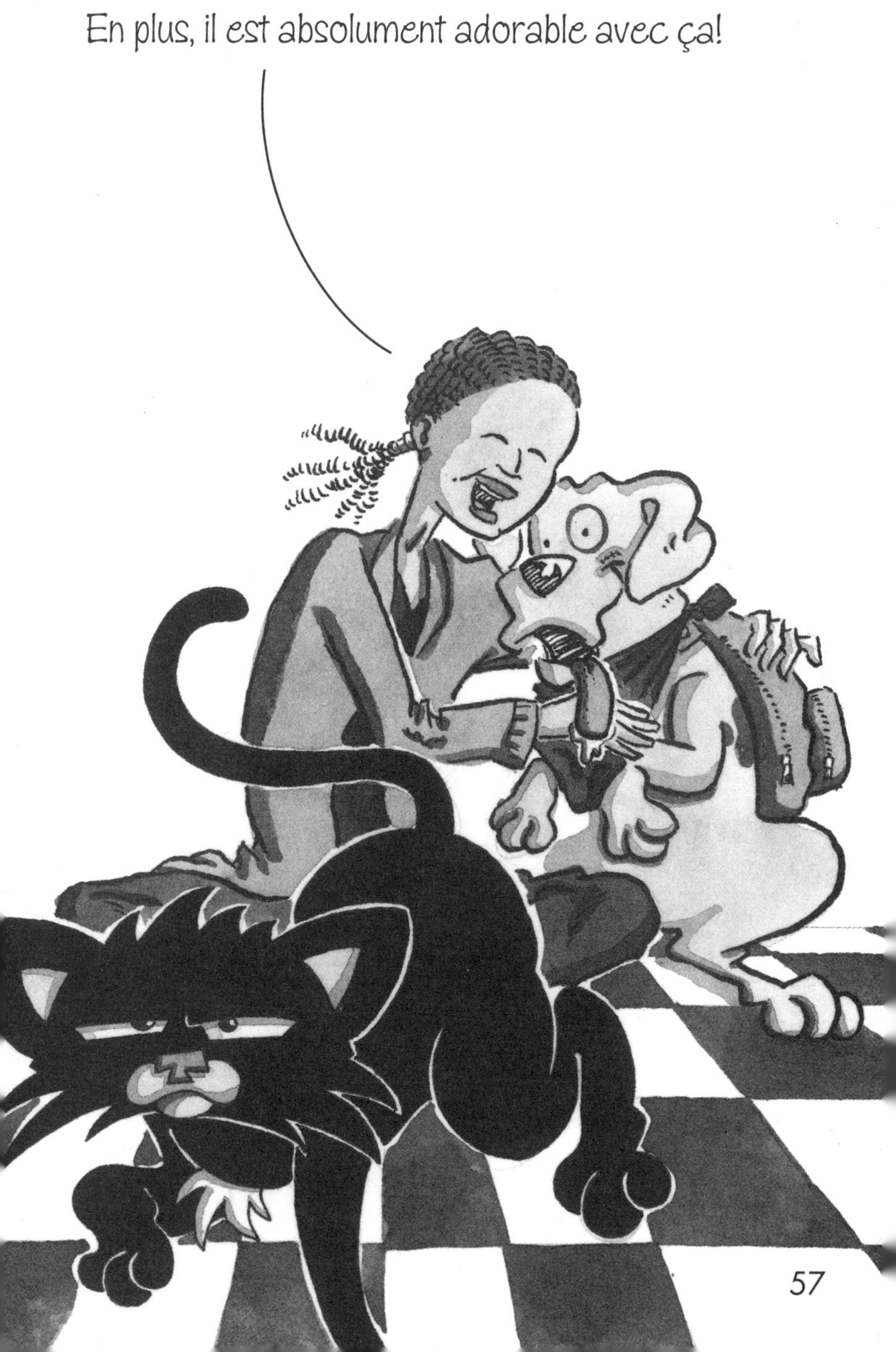
En plus, il est absolument adorable avec ça!

Enfin, le dernier, mais non le moindre... Je vois sur notre rapport que tu as une « mauvaise attitude » et que tu as souvent du mal à « te maîtriser ». C'est vrai?

Comment expliques-tu cela?

61

Bon, très bien. Tu n'es pas obligé de répondre à cette question, mais ça ne te donne pas le droit d'être impoli avec moi.

Quand tu seras prêt à me dire pourquoi tu es si furieux, je t'écouterai.

MONONC' MAURICE, LE CURIEUX

POURQUOI LES CHIENS ET LES CHATS SE DÉTESTENT-ILS?

Le problème avec les chiens et les chats, ce n'est pas qu'ils se détestent... C'est plutôt qu'ils ne se comprennent pas. Voyons à quel point les chiens et les chats sont différents.

NEZ : RENIFLE TOUT

LANGUE : NOUS LÈCHE PARCE QU'IL NOUS AIME

QUEUE : LA REMUE QUAND IL EST HEUREUX

Les chiens sont très sociables. Ils vivent en meutes et apprécient généralement la compagnie d'autres chiens. Les chiens aiment jouer en se battant et en se mordant. Quand un chien nous rencontre pour la première fois, il aime nous renifler (surtout à des endroits où l'on n'aime pas être reniflés). S'il nous aime bien, il le manifeste en nous léchant. Quand il est heureux, il remue la queue.

Les chats, en revanche, ne sont pas des animaux sociables. Ils font preuve d'indépendance et ne recherchent habituellement pas la compagnie des autres chats. Sauf quand ils sont jeunes, les chats ne jouent pas entre eux, et ils ne se battent pas et ne se mordent pas pour s'amuser. Ils ne reniflent pas les choses autant que les chiens. Les chats ne lèchent qu'eux-mêmes, et dans le seul but de se laver. Enfin, ils remuent la queue seulement quand ils sont nerveux ou furieux.

QUEUE : LA REMUE QUAND IL EST NERVEUX

NEZ : NE RENIFLE QUE POUR DES RAISONS DE SÉCURITÉ

LANGUE : NE LÈCHE QUE LUI-MÊME

Maintenant, imaginez ce qui arrive quand un chien et un chat se rencontrent pour la première fois. Le chien court vers le chat en remuant la queue avec l'intention de le renifler, de le lécher et de jouer avec lui. De son côté, le chat considère l'approche du chien comme une attaque. Il regarde la queue qui remue et y voit un signe de colère. La dernière chose dont le chat a envie, c'est d'être reniflé (surtout à l'endroit où il ne veut pas être reniflé), léché et utilisé comme partenaire de jeu. Ainsi, soit le chat s'enfuit, soit il attaque, deux possibilités auxquelles le chien ne s'attend pas.

Bon, d'accord, peut-être que c'est un tantinet la faute des chiens aussi.

Le chien a maintenant l'impression que les chats ne sont pas des créatures amicales. Cela ne l'encourage pas à se montrer aimable avec les chats à l'avenir. C'est donc le début d'un cycle de malentendus qui peut parfois tourner à la catastrophe.

67

• CHAPITRE 5 •

LES ARTS PLASTIQUES

Je veux que chacun de vous crée une œuvre qui exprime ce à quoi vous pensez en ce moment.

Quand il sera terminé, je l'utiliserai pour effectuer des expériences sinistres et horribles. Peut-être que je lui donnerai vie! Ouiiii... VIE! Je bâtirai une armée entière de méchants 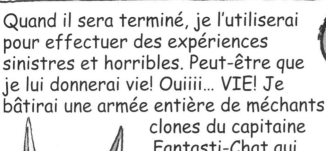 clones du capitaine Fantasti-Chat qui n'existeront que pour servir mon objectif diabolique de régner sur le monde entier!

VOILÀ! Il est terminé! Bientôt le monde tremblera devant mon armée de clones diaboliques alors qu'ils parcourront la planète pour conquérir chaque village, chaque ville, chaque pays, un par un! Personne n'échappera à ma colère, car ma cruauté sera infinie!

Il est très joli.

— Merci.

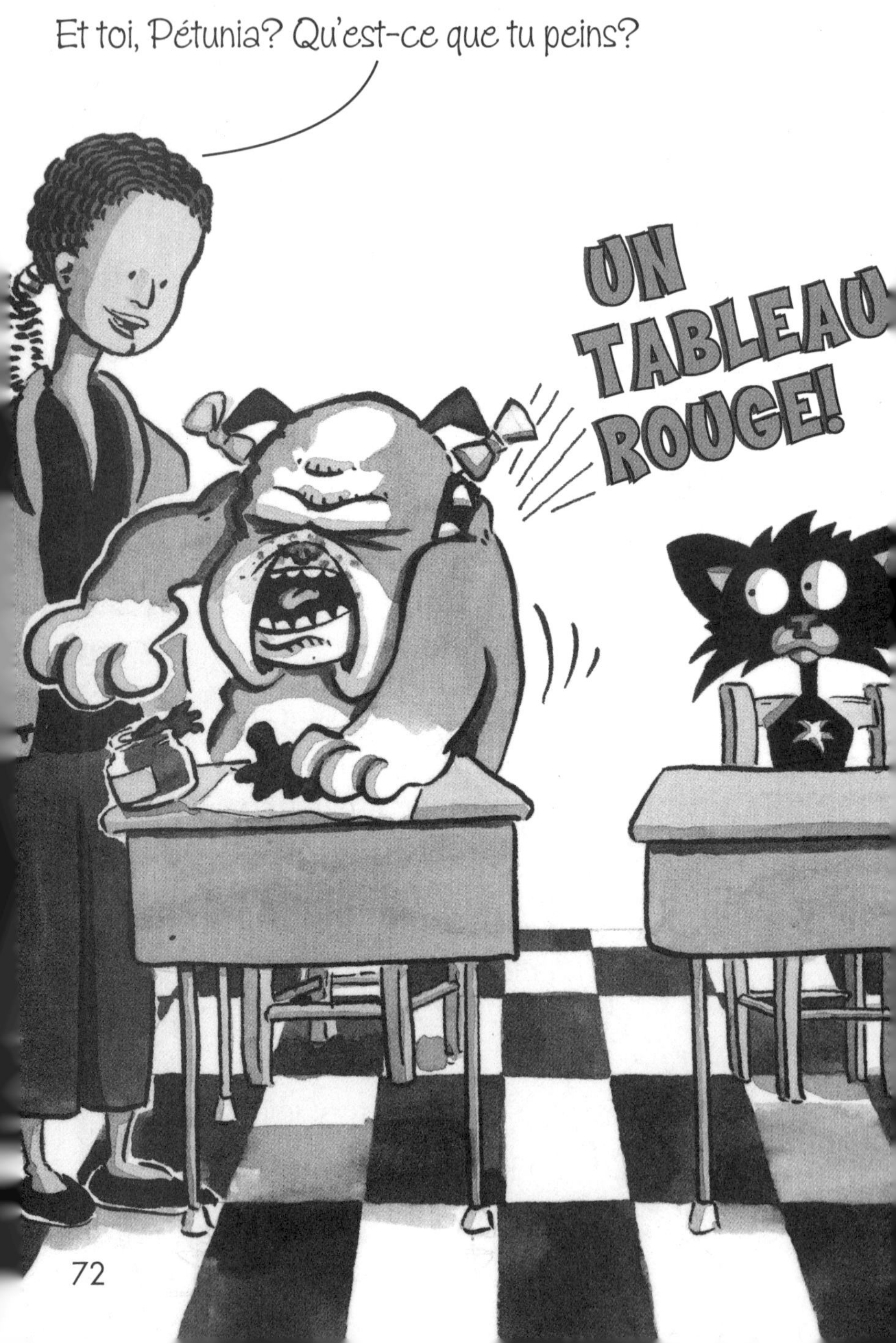
Et toi, Pétunia? Qu'est-ce que tu peins?
UN TABLEAU ROUGE!

ROUGE! LE ROUGE EST LA COULEUR DU SANG D'UN CHAT! ROUGE! ROUGE COMME DE LA LAVE BRÛLANTE! ROUGE COMME LE SOLEIL À L'AUBE! ROUGE!

Hum... Je ne sais trop quoi penser de ça, Pétunia. Chose certaine, nous devons trouver un moyen de t'amener à faire la paix avec les chats.

SPLOUCH!

TAP!

Attends... est-ce que... est-ce que tu me l'offres?

RAVISSANT! Tout simplement ravissant! Montre ta peinture à toute la classe! Mais je t'en prie, essaie de ne pas trop baver dessus.

Pourquoi es-tu aussi en colère? Je veux vraiment le savoir. Est-ce parce que j'ai admiré la peinture de Toutou? Tu veux me le dire? Hein?

Très bien. Quand tu voudras m'en parler, je serai là pour t'écouter. En attendant, c'est l'heure du...

CHAPITRE 6

MONTRE ET RACONTE

Je veux que chacun d'entre vous me MONTRE une chose à laquelle il tient et qu'il RACONTE pourquoi elle est si importante à ses yeux.

Ça alors, c'était très... intéressant. Applaudissons tous ensemble, car c'est notre façon de nous soutenir mutuellement.

91

TREMBLEZ, SIMPLES MORTELS, ALORS QUE JE VOUS RÉVÈLE ENFIN L'INCROYABLE GÉNIE DE MA PUISSANCE DE SUPERVILAIN MUTANT! PRÉPAREZ-VOUS, CAR VOUS VERREZ DE VOS PROPRES YEUX MA CAPACITÉ À...

ME TRANSFORMER EN LAPIN!

Maintenant, Toutou, c'est ton tour. Que vas-tu nous montrer?

Attends! Où vas-tu, petit chien?

Oh, je vois. Tu veux jouer de cette flûte à bec que tu as trouvée.

Nous avons tous bien hâte de t'entendre jouer!

Partita en la mineur
pour solo de flûte

J.S. Bach
BWV 1013

Allemande

C'était très joli, Toutou. Mais je crois que nous avons encore du travail à faire concernant ton problème de bave.

Ça, c'était très grossier, Minou! Je crois qu'il est grand temps qu'on ait une petite conversation toi et moi, non?

Je vois. Tu continues à faire preuve d'impolitesse. Ton attitude négative n'arrange pas les choses, Minou. Mais qui sait? Peut-être que tu apprendras quelque chose durant...

CHAPITRE 7

L'HEURE DU CONTE

Approchez tous! La journée a été longue, et je crois que c'est le moment de nous détendre et d'écouter une histoire qui transmet un message très important.

L'histoire d'aujourd'hui s'intitule : « Un Amour de chaton et ses amis de la ferme ».

Un jour, un Amour de chaton décide d'aller visiter la ferme.

« Oh, quelle joie ce sera! » se dit un Amour de chaton. « Je n'ai jamais vu de vrais animaux de ferme. »

« Et c'est toujours tellement, tellement amusant de se faire de nouveaux amis! »

Le chaton monte donc à bord de son hélicoptère arc-en-ciel magique tout en bonbons et…

Mais tu n'es plus ce bon vieux Minou, n'est-ce pas?
Non, désormais tu es…

UN AMOUR
DE CHATON!

HÉ, TOUT LE MONDE! Regardez un Amour de chaton!

Il a préparé le dîner pour nous! Il est tellement, tellement ATTENTIONNÉ!

Il a acheté des cadeaux à tout le monde! Il est tellement, tellement GÉNÉREUX!

Il a nettoyé sa litière! Il est tellement, tellement SERVIABLE!

Un Amour de chaton est tellement, tellement, tellement un BON chaton! Regardez à quel point il aime le bébé!

AAAH!

Et regardez comme il aime Toutou!

Enfin, la paix est revenue dans notre maison. Là où il y avait de terribles crises de colère, il n'y a plus que des baisers. Là où il y avait des bagarres, des cris perçants et des hurlements, il n'y a plus que des câlins. Là où il y avait seulement du chahut, il n'y a plus que de l'amour. De l'AMOUR pur.

Et tout ça grâce à l'école

ÉCOLE
ÉCOLE
ÉCOLE
ÉCOLE
ÉCOLE
ÉCOLE

MIA♥U!

Ça va, Minou? Est-ce qu'un passage de l'histoire t'a bouleversé? As-tu eu peur quand un Amour de chaton a tenté de faire un câlin au poulet désobéissant?

EST-CE QUE TU VIENS DE CRIER « MIAOU »?

Veux-tu me parler de ce qui t'a bouleversé?

Fffffff. Très bien. Peut-être que tu voudras m'en parler plus tard...

PFBBT!

CHAPITRE 8

LA REMISE DES DIPLÔMES

Ouf! Nous avons eu une journée bien remplie. C'est maintenant le moment de la remise des diplômes. Vous vous souvenez de ce que je vous ai dit à votre arrivée? L'école, c'est un endroit où l'on apprend de nouvelles choses.

Donc, si vous pouvez me montrer que vous avez appris quelque chose aujourd'hui, je vous remettrai un diplôme pour souligner votre réussite. Vous pourrez alors rentrer chez vous heureux et fiers de savoir que vous serez désormais de meilleurs animaux de compagnie.

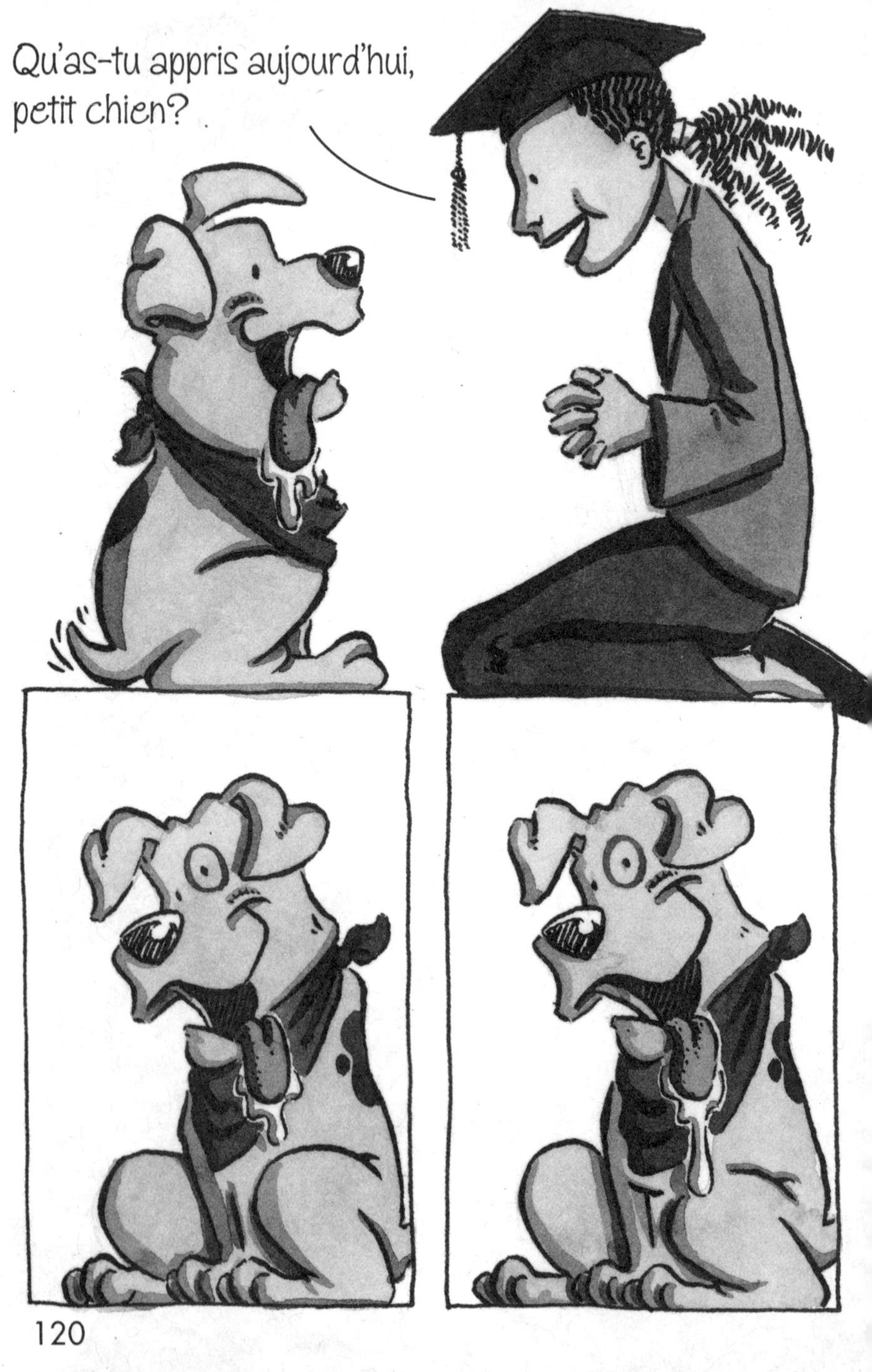
Qu'as-tu appris aujourd'hui, petit chien?

C'est mon tour,
Mademoiselle Do?

Oui, petit lapin.
Qu'as-tu appris
aujourd'hui?

MOI, LE DOCTEUR LAGOMORPHE, AI APPRIS DEUX CHOSES AUJOURD'HUI! DEUX, JE VOUS DIS!

DEUX!

D'ABORD, J'AI APPRIS LES SECRETS MYSTIQUES RÉVÉLANT COMMENT TRANSFORMER MES ENNEMIS EN BLOCS DE DIX KILOS DE FROMAGE GORGONZOLA GRÂCE À CE CRISTAL ANTIQUE QUE J'AI TROUVÉ ICI, À L'INTÉRIEUR DE CETTE CHAMBRE DU SAVOIR! JE L'UTILISERAI POUR ENFIN VAINCRE CETTE IGNOBLE BONNE ÂME QU'EST LE CAPITAINE FANTASTI-CHAT DE MÊME QUE SA MINUSCULE ACOLYTE, MAXI SOURIS. AINSI, PLUS RIEN NE VIENDRA FAIRE OBSTACLE À MA DOMINATION SUPRÊME DU MONDE ENTIER!

OH, COMME J'AI EU TORT! J'AI PERDU TOUT CE TEMPS À DÉTESTER LES CHATS ALORS QUE J'AURAIS DÛ LES AIMER COMME J'AIME MON NOUVEAU MEILLEUR AMI!

HAN

DÉSORMAIS, JE CONSACRERAI MA VIE NON PAS À POURSUIVRE, À MORDRE ET À MORDILLER, MAIS À AIMER LES PLUS GENTILLES ET LES PLUS DOUCES CRÉATURES DE LA TERRE. PLUS JAMAIS JE NE DIRAI DU MAL DE VOUS, RAVISSANTES BÊTES. JE LE PROMETS!

Tu ne veux donc pas parler?

MIAON!

Tu n'aimes pas l'école?

MIAON!

Tu n'aimes donc pas apprendre de nouvelles choses?

>HUM<

MIAON!

Je t'ai vu aider ton ami le chien à régler son problème de bave.

Je t'ai vu être le premier à soutenir petit lapin par tes applaudissements.

Je t'ai vu offrir ta peinture à Pétunia et t'en faire une nouvelle amie.

Tu veux savoir ce que j'ai appris à ton sujet aujourd'hui, Minou?

135

J'ai appris que tu n'es pas un aussi méchant minou qu'on le dit, après tout.

Je suis navrée que tu n'aies pas aimé l'école, Minou. Mais je veux que tu rentres chez toi aujourd'hui en sachant une chose...

MONONC' MAURICE, LE CURIEUX

CHIENS ET CHATS PEUVENT-ILS DEVENIR AMIS?

Impossible!

Les chiens et les chats peuvent devenir amis, mais ils n'y arriveront pas seuls. Ils auront besoin de ton aide. Le secret, c'est la PATIENCE. Apprendre à tes animaux de compagnie à bien s'entendre peut être long et te demander beaucoup d'attention.

MIAOU?

D'abord, prends quelques précautions. Taille les griffes de ton chat. Mets le chien en laisse. Assure-toi que le chat dispose d'un endroit où se réfugier si l'expérience tourne mal. Et garde des gâteries à portée de la main… tu verras pourquoi dans un instant.

Si tu amènes un chat à la maison, garde-le dans sa cage et laisse le chien le renifler à travers les trous d'aération. Si le chien est calme, donne-lui des gâteries en récompense. S'il aboie ou s'il est excité, tire sur la laisse et dis « NON » jusqu'à ce qu'il se calme.

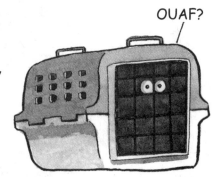

OUAF?

142

Si tu amènes un chien à la maison, laisse-le dans sa cage au début, si possible. Prends le chat dans tes bras et amène-le dans la pièce en le caressant pour lui faire comprendre que tout va bien. Si ton chat se tortille ou s'enfuit, ne le punis pas; il est nerveux, et ça se comprend. Cajole-le et console-le.

Tu peux essayer une autre tactique qui consiste à laisser les deux animaux dans leur cage respective

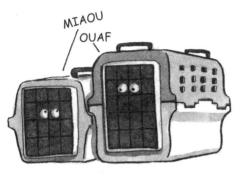

MIAOU
OUAF

en les plaçant dans la même pièce, face à face. Tu devrais également demeurer dans la pièce, ne serait-ce que pour leur donner des gâteries s'ils restent calmes. Si l'un de tes deux compagnons continue à être anxieux, il te faudra les garder séparés, autant que possible, et répéter ce procédé chaque jour, aussi longtemps qu'il le faudra.

À la longue, tu devrais parvenir à entraîner chacun de tes animaux à considérer l'autre comme un membre de la famille... dont il se passerait bien, peut-être, mais un membre de la famille quand même.

PFFFF... Il y a plusieurs membres de ma famille dont je me passerais bien.

143

• ÉPILOGUE •

Minou, comme c'est décevant que tu n'aies pas obtenu ton diplôme. Je ne peux pas m'empêcher de penser que tu n'as peut-être pas fourni assez d'efforts.

Hum… Je suppose que tu es toujours le même vieux Minou grincheux, entêté et désagréable que tu as toujours été, alors.

Ton enseignante, Mademoiselle Do, n'a pas cessé de répéter à quel point elle t'apprécie, et elle espère que tu pourras retourner à l'école pour te reprendre. Tu sembles beaucoup lui plaire, Minou. Mais j'hésite. Je ne vois vraiment pas pourquoi je te renverrais à cette école…

à moins que tu ne me laisses vraiment, vraiment, VRAIMENT pas le choix.

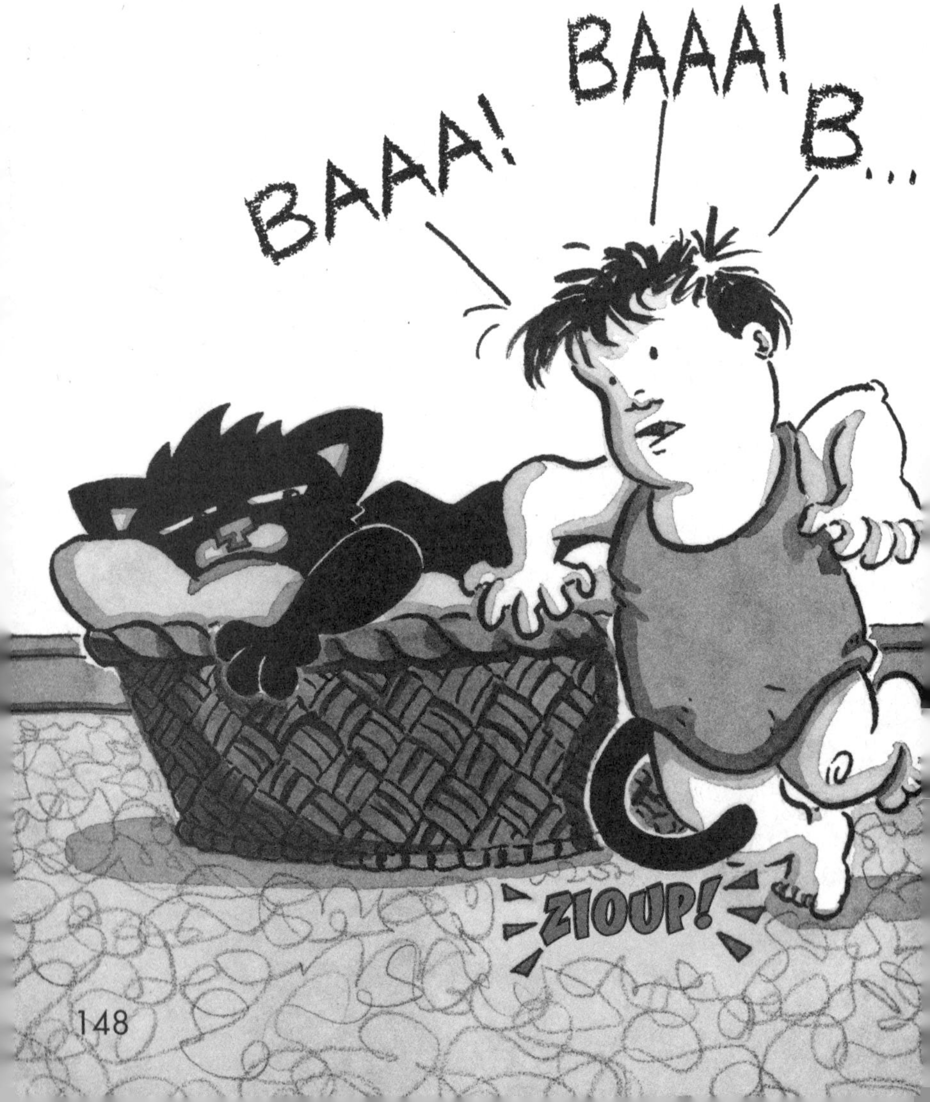
BAAA!
BAAA!
B...
ZIOUP!

ÇA SUFFIT MAINTENANT! IL NE MANQUAIT PLUS QUE ÇA! JE TE RENVOIE À CETTE ÉCOLE ET JE NE VEUX PAS ENTENDRE LA MOINDRE PROTESTATION DE TA PART! ET CETTE FOIS, TU FERAIS MIEUX D'ÊTRE AIMABLE AVEC CETTE INSOLENTE! JE PARLE SÉRIEUSEMENT, OINOU. ELLE SEMBLE T'APPRÉCIER, MÊME SI JE ME DEMANDE POURQUOI.

RONRRRRROZ

150

HÉ, LES AMIS! TOURNEZ LA PAGE POUR DÉCOUVRIR EN PRIME UNE AVENTURE INCROYABLE, SPECTACULAIRE, ÉTONNANTE, SENSATIONNELLE!

DANS LEUR PLANQUE SOUTERRAINE, LE CAPITAINE FANTASTI-CHAT ET MAXI SOURIS ATTENDENT LEUR PROCHAINE AVENTURE.

JE M'ENNUIE!

MOI AUSSI!

SOUDAIN, LE FANTASTIPHONE SONNE!

DRING!

ALLÔ?

SI C'EST MA MÈRE, DIS-LUI QUE JE SUIS À LA BIBLIOTHÈQUE!

CAPITAINE FANTASTI-CHAT! DES VOLEURS SONT EN TRAIN DE CAMBRIOLER LA BANQUE FÉDÉRALE! CELLE OÙ

SE TROUVE TOUT L'ARGENT!

(CHEF DE POLICE) →

VITE, AU FANTASTI-BOLIDE!

C'ÉTAIT MA MÈRE?

VROUM!

ZOOOOUM!

NON, CE N'ÉTAIT PAS TA MÈRE.

1

ESPÈCE DE PETIT MONSTRE! RETRANSFORME LE FROMAGE EN BILLETS, ET TOUT DE SUITE!

PAS QUESTION!

PAS AVANT DE **VOUS** AVOIR TRANSFORMÉ EN FROMAGE!

ATTENTION, F.C.!

ZAP!

AÏE!

BOUM!

MAXI SOURIS! NON!

TU ME LE PAIERAS, CRÉTIN! TON RAYON LASER À FROMAGE NE PEUT PAS RIVALISER AVEC MA SUPER SPATULE!

NE M'ÉCRASE PAS, STI TE PLAÎT!

BZZZ! CRIPPTT

ZUT!

③

PAN!

BANG!

Y A-T-IL UN BOUTON DE MARCHE ARRIÈRE SUR CE TRUC?

SI SEULEMENT TU UTILISAIS ᏇᏇᏇ TON POUVOIR POUR FAIRE LE BIEN AU LIEU DU MAL!

POURQUOI?

EH BIEN... PENSES-Y UN INSTANT. TU FERAIS FORTUNE!

VRAIMENT?

BIEN SÛR. TU POURRAIS TRANSFORMER TOUTES SORTES DE VIEILLERIES EN FROMAGE : DE VIEUX PNEUS, DES CHAUSSETTES, DES PELURES DE BANANE. ENSUITE, TU N'AURAIS QU'À VENDRE LE FROMAGE!

HMM

ET SI VOUS INVENTIEZ UN FUSIL À RAYON LASER QUI TRANSFORME LE FROMAGE EN SOURIS?

HA!

HÉ!

④

BRAVO! TU L'AS BRISÉ!

CHOUETTE! JE SUIS DE RETOUR!

POUF!

ZUT! JE FERAIS MIEUX DE NE PAS RATER MA SORTIE!

MAIS OÙ EST PASSÉ LE DOCTEUR LAGOMORPHE?

ÇA ME DÉPASSE!

HÉ HÉ HÉ

JE CROIS BIEN QU'ON N'EN A PAS FINI AVEC CE PETIT VOYOU!

CHAT ALORS!

FIN?

Je crois que tu devrais me faire plus musclé.

Tu es assez musclé comme ça. Maintenant, silence!

Que signifie « planque »?

• À PROPOS DE L'AUTEUR •

NICK BRUEL a écrit et illustré plusieurs livres très amusants, qui lui ont valu une grande popularité auprès des jeunes lecteurs, ainsi que plusieurs prix. En plus de la collection Méchant Minou, il a aussi illustré l'album *Toto et Otto*.

À propos de *Méchant Minou*, des gens très importants ont dit :

• « Un des chats les plus dramatiques et les plus expressifs jamais créés à l'aquarelle. »
— *Kirkus Reviews*

• « Fera hurler de rire les jeunes lecteurs. »
— *Publishers Weekly*

On ne s'ennuie jamais avec Méchant Minou!
Méchant Minou et le bébé
Méchant Minou - C'est ta fête
Méchant Minou prend un bain
Méchant Minou contre Oncle Maurice